Joseph Beuys

Sprechen über Deutschland

Die Vortragsreihe: Band 3

Die Deutsche Bibliothek – CIP-Einheitsaufnahme

Joseph Beuys:
Sprechen über Deutschland : Rede vom 20. November 1985 in den Münchner Kammerspielen / Joseph Beuys. – Wangen : FIU-Verl., 2002
ISBN 3-928780-14-X

ISBN 3-928780-14-X

Genehmigte Lizenzausgabe
Der Beitrag wurde dem Band „Reden über das eigene Land: Deutschland" Band 3 entnommen.

Ausstattung und Herausgabe dieser Ausgabe: Rainer Rappmann
Herstellung: Druckerei Kleb, Wangen
Printed in Europe, Region Allgäu

Joseph Beuys

SPRECHEN ÜBER DEUTSCHLAND

Rede vom 20. November 1985
in den Münchner Kammerspielen

FIU-Verlag

Jürgen Kolbe

Einführung

Guten Morgen, meine Damen und Herren! Herzlich willkommen, Joseph Beuys! Die Freude, Sie, verehrter Herr Beuys, an diesem Vormittag in den Kammerspielen begrüßen zu können, ist einer gewissen Beklommenheit benachbart, nun – in wenigen Minuten mit wenigen Sätzen – Person und Werk charakterisieren zu müssen. Ich will das nicht tun.

Ich kann mich nicht einlassen auf den Klischeemüll, mit dem – vom Genieverdacht bis zum Scharlatanverdikt – die heftigsten Resonanzen produziert wurden, denen wohl je ein deutscher Künstler in diesem Jahrhundert ausgesetzt war. Ich kann aber auch nicht all die Klugheiten nachbeten, die – über das Skandalon, die Sensation Beuys hinaus das Gesamtkunstwerk Joseph Beuys als Einheit aus Person und Werk, aus Politiker und Künstler gewürdigt haben. Ich setze einfach als bekannt voraus, daß – um eine Formel des von mir sehr geschätzten Städtischen Galeriedirektors *Armin Zweite* zu benutzen – ich setze einfach als bekannt voraus, daß die Arbeiten von Joseph Beuys nun einmal *„nicht als Wohnzimmerikonen... für gehobene Schichten herabkommen"* können.

Statt dessen will ich kurz beschreiben, was Joseph Beuys in München bewirkt und bewegt hat. Und das ist schon ein durchwachsenes Stück Kulturpolitik. Auch eine Erfahrung im eigenen Land.

Es fängt – ganz harmlos – damit an, daß Beuys im Februar

1976 in der euphemistisch „Kunstforum" genannten Unterflurpassage wenige Schritte von diesem Theater entfernt auf Anregung der *Galerie Schellmann und Klüser* fünf sogenannte „Doppelobjekte" aufstellt. Zentrum des Environments sind zwei gebrauchte Leichentische aus der Pathologie; dazu Fieberthermometer, Fett, Reagenzgläser, Spaten. Auf einer Schiefertafel steht der Satz, unter dem das Objekt inzwischen zur Berühmtheit gelangte: „Zeige deine Wunde".
Erst im Jahr 1979 – die Mehrheiten im Stadtrat hatten sich inzwischen beträchtlich geändert, es herrschte eine Stimmung, die die lokale Presse als „Kulturkampf" beschrieb – erst im Januar 1979 ging die Geschichte weiter. Armin Zweite – ohnehin angefeindet, weil er den Spielraum seines weltberühmten Instituts nicht allein auf Münchner Kunst beschränken wollte – unterstrich seine entschiedene Absicht, eben jenes Stück von Beuys zu erwerben, indem er einen verdienstvollen Mäzen, *Christoph Engelhorn*, gewann, der bereit war, die Hälfte des Kaufpreises zu übernehmen.
Eine Münchner Zeitung schrieb, Zweite und ich wollten mit diesem „illusorischen Antrag eines unzumutbaren Ankaufs offenbar ihre Konfliktstrategie fortsetzen, mit der die Mehrheit des Münchner Stadtrats erneut in eine für sie ungünstige Defensivhaltung gedrängt werden sollte".
Als ich im Oktober 1979 im Stadtrat den Antrag stellte, wurde dem Ankauf zugestimmt. Auch mit einigen Stimmen der damaligen Mehrheit. Bürgermeister *Zehetmeier*, dessen Stimme mitentscheidend war, schrieb damals in einem Brief die auch heute noch bemerkenswerten Sätze: *„Ich gestehe*

offen: Ich habe keinen leichten Zugang zu Beuys... Aber ich möchte die sehr individuelle Begrenztheit meines Wissens und meiner Wahrnehmungsfähigkeit nicht zum obersten Maßstab meiner Stimmabgabe in einem der Gesamtheit unserer Bürger verpflichteten parlamentarischen Gremium machen. Immerhin hat mich die Beschreibung des Objekts von Beuys, „Zeige deine Wunde", was wohl soviel heißt wie „Bekenne dich zu deiner Sterblichkeit", tagelang veranlaßt, über meinen mir wie allen Menschen bevorstehenden Tod nachzudenken. Ich wüßte nicht, daß das auch ein anderes Werk der Bildenden Kunst in den letzten Jahren vermocht hätte."

Der Brief war gerichtet an *Dr. Richard Hundhammer*, der die Beuys-Arbeit mit der aus der deutschen Nomenklatur im Umgang mit Kunst geläufigen Vokabel „abartig" belegt hatte und der sich gerade aufmachte, Aufsichtsbeschwerde bei der Regierung von Oberbayern gegen den Ankauf einzulegen – erfolglos, wie sich wies.

Das deutet wenigstens an, was nun losbrach: eine Mischung aus Wut, Verachtung und Gaudivandalismus beherrschte nicht nur die kunstpolitische Szene in München, ein Syndrom, das mit *„Angst vor der Moderne"* nur unzureichend umschrieben ist. Ich will Ihnen und mir die Belege ersparen.

Beinahe zugleich geschah aber etwas Merkwürdiges: die Eruption der Emotionen produzierte etwas Befreiendes, den Dumpfsinn Aufklärendes. In Stadtrat und Stadt war allmählich in anderem Tenor von Kunst die Rede, die nun mehr Geld, mehr Spielraum vor allem bekam. Was wie die direkte Fort-

setzung des Romans „*Erfolg*" von *Lion Feuchtwanger* begonnen hatte, mündete in etwas, was ich – sehr verkürzt – die katalysatorische, ja kathartische Wirkung der Beuysschen Kunst nennen möchte.
Die Kunstlandschaft München ist seit „Zeige deine Wunde" eine andere geworden: materiell, auch im geistigen Habitus. Vielen hat der Heilungsprozeß nach den Verletzungen, die aus dem Prozeß „Zeige deine Wunde" herrührten, ausgesprochen gut getan.

Joseph Beuys

Sprechen über Deutschland
Reden über das eigene Land: Deutschland

(Titel der Erstpublikation)

Guten Tag, sehr verehrte, liebe Anwesende. Es ist auch jetzt wieder so, daß ich anfangen möchte mit der Wunde. Gehen wir davon aus, daß auch ich zusammenbrechen kann, gehen wir auch davon aus, daß ich bereits zusammengebrochen wäre, daß ich in ein Grab hineingehen müßte, so gäbe es dennoch aus diesem Grabe eine Auferstehung. Wenn ich hier zum Thema vorgefunden habe: Sprechen über dieses Land, so denke ich, das erste, was zu dieser Auferstehung führen würde, wäre der Born dessen, was wir die deutsche Sprache nennen. In dieser Auferstehung aus einer Zerstörtheit, die uns alle betrifft und zu der wir uns auch alle nach außen wenden sollten, sowohl mit unseren Fähigkeiten, aber ganz besonders mit unseren Unfähigkeiten, daß wir im Gehen zu diesem Born, im Benutzen der deutschen Sprache, miteinander ins Sprechen kämen und wir erleben würden, daß aus dem Sprechen miteinander sich uns nicht nur die leibliche Gesundheit wieder einstellen würde, sondern daß wir auch ein elementares, tiefes Fühlen erreichen würden, für das, was auf dem Boden geschieht, auf dem wir leben, für das, was auf dem Acker, was auch im Walde, auf der Wiese, was im Gebirge gestorben ist. Wir würden durch unser eigenes Sich-Verlebendigtwerden durch Sprache den Boden mitnehmen, das heißt, wir würden einen Heilungsprozeß an diesem Boden vollziehen können, auf dem wir alle geboren sind. Im Sprechen dieser Sprache und im offenen Zeigen dessen, was wir nicht können, und im Versuch, ein hohes Ziel anzustreben, ein hohes Ziel anzustreben, das man nennen könnte: die Frage nach der Aufgabe der Deutschen in der Welt, würden wir zumindest die erste Sicherheit für die Möglichkeit finden, an uns selbst zu erfahren, was denn eigentlich die Eigenschaften des deutschen Genius, der deutschen Fähigkeit wären. Wir würden im Formen dieser Sprache erkennen, daß sich durch ihren bewußten Gebrauch die Begriffe ergäben, die Welt, das heißt, das Vorgegebene, so krank es auch sei, mit wesensgemäßen Begriffen so zu beschreiben, daß eine Heilung möglich wäre. Wenn ich hier über das eigene Land spreche, kann ich mich auf nichts Jüngeres und Ursprünglicheres berufen als auf unsere Sprache. Mein Weg ging durch die Sprache, so sonderbar es ist, er ging nicht von der sogenannten bildnerischen Begabung aus. Wie viele wissen, habe ich ein naturwissenschaftliches Studium begonnen und bin darin zu einer Erkenntnis gekommen, die mir sagte: Vielleicht liegt deine Möglichkeit auf dem Felde, das etwas ganz anderes fordert als die Fähigkeit, ein guter Spezialist in irgendeinem Zweige zu werden, deine Fähigkeit ist, umfassend einen Anstoß zu geben für die Aufgabe, die das Volk hätte. Der Begriff des Volkes ist auf eine elementare Weise verknüpft mit seiner Sprache. Wohlgemerkt, ein Volk ist keine Rasse. Daß dieses auch der einzige Weg sei, um alle noch im Rassistischen treibenden Umtriebe, schrecklichen Sünden, nicht zu beschreibenden schwarzen Male zu überwinden, ohne sie auch nur einen Augenblick aus dem Blickfeld zu verlieren, ließ mich entscheiden für die Kunst, allerdings für eine Kunst, die mich zu einem Begriff des Plastischen geführt hat, der im Sprechen und Denken beginnt, der im Sprechen erlernt, Begriffe zu bilden, die das Fühlen und Wollen in die Form bringen können und bringen werden, wenn ich dort nicht nachlasse, wenn ich also streng dabei bleibe, werden sich mir die zukunftweisenden Bilder zeigen und die Begriffe sich bilden. Für mich wurde es zu einer Voraussetzung für das Werden einer Skulptur, daß zuerst eine innere Form im Denken und Erkennen zustande käme und diese dann ausgesprochen werden könne in der Prägung des materiellen Stoffes, eines festen Stoffes, wie er nun da steht in der Arbeit, die Herr *Dr. Kolbe* angesprochen hat.

In dieser Weise fühlte ich mich veranlaßt, mit dem Aussprechen in dieser Form etwas zu verbinden, das sich auf die Krise, nicht nur unseres Volkes, sondern auch auf die Krise in der ganzen Welt bezieht als auf die Ungestalt, in der sich der soziale Organismus überall befindet. Das heißt, für mich wurde es mehr und mehr zu einer gestalterischen Aufgabe, zu einer bildhauerischen Notwendigkeit, erst einmal eine Bedingung zu schaffen, einen Humus zu bilden in Begriffen und Vorstellungen, auf dem überhaupt eine lebendige Gestalt werden kann. Ich sah, daß auf meinem Arbeitsgebiet, also in der Kunst, ein Begriff (oder kein Begriff) waltet, der nicht mehr operabel ist. Dieser nicht vorhandene Begriff hat einen affirmativen Charakter, und er behauptet von sich, was er nicht leisten kann. Eine Sache zu können, die gekonnt sein müßte, die gekonnt und gelernt sein müßte, gerade sie kann der traditionelle Kunstbegriff nicht leisten. Ich habe mich also auf die Suche gemacht in meinem Denken über die Sprache und Zusammenhänge gesehen, die folgendermaßen aussehen: Das deutsche Volk, in ihm steckt, wie schon gesagt, die Auferstehungskraft, die selbstverständlich auch in anderen Völkern steckt, aber die unsere wird sich durch radikal erneuerte Grundlagen des Sozialen hindurch ereignen, muß sich so ereignen. Denn das wäre wohl zuerst unsere Pflicht und dann erst die der anderen Völker. Der traditionelle Kunstbegriff sagt, es sind wichtige Signale gesetzt worden in der Moderne, durch die moderne Kunst, die moderne Wissenschaft, die moderne Technologie. Diese Signale in der modernen Kunst, wie sie als Symbole und Rätsel den Menschen gezeigt worden sind, *Kandinsky, Lehmbruck, Klee,* wie man sie jetzt sehen kann in einer Rückschau in der Royal Academy in London, wo die Geschichte der deutschen Kunst von der Jahrhundertwende bis zur Gegenwart gezeigt wird und man sehen kann, was in der Moderne an signalhaftem Charakter enthalten ist, der auf eine Zukunft weist. Dieser große signalhafte Charakter, der die große Mehrheit der Menschen alleine gelassen hat. An solchen geistigen Entwicklungen konnten sie nicht teilhaben in ihrem Arbeitsleben. Nur die Privilegierten, die an den bürgerlichen Bildungsvorgängen teilgenommen hatten, konnten diese Kunst verstehen. Eigentlich eine Selbstverständlichkeit. Wie hätte es anders sein können, da die große Mehrheit der Menschen ja ganz andere Nöte hatte als Künstler mit dem Kunstwerk und deren Genießer.

Für was war denn eine solche Tragik ein Signal, mußte ich

mich fragen. Hier wurde mir das Kunstwerk zum Rätsel, für das der Mensch selbst die Lösung sein mußte: Das Kunstwerk ist das allergrößte Rätsel, aber der Mensch ist die Lösung. Hier ist die Schwelle, die ich kennzeichnen will als das Ende der Moderne, das Ende aller Traditionen. Wir werden gemeinsam den sozialen Kunstbegriff entwickeln als ein neugeborenes Kind aus den alten Disziplinen. Wir sehen die traditionellen Disziplinen als Architektur, Bildhauerei, Malerei, Musik, Dichtkunst, den Kreis der Musen, die auch hier auftreten hinter diesem eisernen Vorhang, daß aus diesem Kreis ein Kind geboren wird, die Soziale Kunst, die Soziale Plastik, das sich zur Aufgabe stellt, nicht nur physisches Material zu ergreifen. Aber auch für den Bau, für die Skulptur in Bronze oder Stein, für die Vorführung auf dem Theater, bei unserem Sprechen bedürfen wir des geistigen Bodens der Sozialen Kunst, auf dem jeder Mensch sich als schöpferisches, die Welt bestimmendes Wesen erlebt und erkennt. Die Formel, *„jeder Mensch ist ein Künstler"*, die sehr viel Aufregung erzeugt hat und die immer noch mißverstanden wird, bezieht sich auf die Umgestaltung des Sozial-Leibes, an dem nicht nur jeder Mensch teilnehmen kann, sondern sogar teilnehmen muß, damit wir möglichst schnell die Transformation vollziehen. Ich zeichne deshalb Formeln vor, die in der Verwirklichung vielleicht anders aussehen werden, aber im Grundsätzlichen stimmen.

Es ist mir an dieser Stelle auch wichtig zu sagen, daß ich nicht über etwas spreche, an das geglaubt werden soll, ganz im Gegenteil, ich stelle nur die Frage an die Menschen, ich gebe nur Auskunft über ein Ergebnis aus meiner Werkstatt. Ich kann jetzt nicht alle erkenntnistheoretischen Begründungen liefern in dieser kurzen Stunde. Aber wenn ich so etwas feststelle, dann sage ich nicht, man muß daran glauben, nur, jeder soll mal in sich hineinschauen, jeder soll mal tatsächlich in sich als Sprache bewegen, was das Fühlen und Denken entwickelt, das Denken zurückwirken läßt auf den Willen und der Wille auf die Sprache wirkt, so daß ein immer höher steigender spiraliger Vorgang entsteht, in dem ein scharfes Ich-Bewußtsein, ein Selbstbehauptungswille ja in jedem Menschen entstehen muß. Denn wir sind ja alle sehr entwickelt, wir haben alle eine reiche Geschichte hinter uns, wir sind sogar in einer Zeit groß geworden, in der die Menschheit zu Genialem fähig war. Also wenn da steht, jeder Mensch ist ein Künstler, ist das nicht eine Tatsache, von der ich annehme, man müsse daran glauben, sondern das Ergebnis meiner Arbeit. Ein bißchen weiter in dieser Konsequenz, daß nach der Moderne eine tiefgreifende Wandlung des menschlichen Bewußtseins sich vollziehen muß, habe ich mich bemüht, entsprechende – nennen wir es einmal Versuche, Experimente oder, man kann auch sagen, Taten zu tun. Mitten im Leben, ich will mal den Begriff des Politischen ganz herausnehmen, da er sich mir als ein immer fatalerer, unbrauchbarerer herausstellt, habe ich eine *Organisation für Direkte Demokratie gegründet*, die sich bezog auf Leben und Tod in diesem Lande, Untergang oder Aufstieg. Danach habe ich einen weiteren Versuch gemacht, weil der Ansatz bei der Demokratie, also bei den Menschenrechten, mir noch zu einseitig erschien, weil doch der organische Ausgangspunkt, der Born, von dem ich vorhin bei der Sprache gesprochen habe, an dem wir uns erfrischen können und aus dem unser Ich-Bewußtsein erwächst, im Zusammenhang mit dem Denken und Erkennen das Wichtigste ist, habe ich es für nötig gehalten, den Freiheitspol, der aus dem erwachsenden Selbstbewußtsein kommt, diesen Freiheitspol in einem Experiment herauszustellen, das sich *Freie Internationale Universität* nennt. Ich bin später als Mitglied dieser *FIU* auch zum Mitbegründer der *Grünen* geworden. Und nun sehen Sie schon, nicht wahr, bei der Nennung des letzten, wie sehr die Dinge oft einen experimentellen Charakter haben und haben müssen. Jetzt will ich nichts sagen über das, was *Die Grünen* im Augenblick tun, nur nochmal: mir wird der Begriff des Politischen ein immer unmöglicherer. Je mehr ich die Sache in ihrer Eigentlichkeit sehe, erscheint darin der Mensch als das schöpferische Wesen schlechthin, und ich habe es dabei mit dem Souverän zu tun, besonders auch im demokratischen Kraftfeld. Das ist wichtig, vom Menschen zu wissen, daß aus seiner Freiheit und dem übenden Wirken im Bewußtsein das „Ich" erkannt wird als der Souverän, der Bestimmende. So wird der Charakter der Selbstbestimmung doch der elementarste, nur mit diesem Hebel ist eine Neugestaltung der Gesellschaft möglich. Sie ist weder aus dem Staatlich-Rechtlichen zu erwarten, sie ist auch nicht aus dem Bestelltsein und den Kräften des Wirtschaftslebens zu verwirklichen. Da haben wir im Westen staatszentralistische Parteibürokratie oder im Osten Politbüro-Demokratie, sie nennen das ja auch demokratisch. Scheindemokratie überall! Der westliche Privatkapitalismus mit seinem System des Parlamentarismus und der politischen Parteien ist ein fragwürdiges Gebilde. Der Hebel, der anzusetzen wäre beim freien Menschen, bei dem sich selbst bestimmenden Menschen als dem einzigen Schöpfer des zukünftigen Gesellschaftsleibes, der ist noch viel eindeutiger vorhanden, als es hier in der kurzen Ansprache geschildert werden kann. Das heißt aber: es müssen freie Schulen und Hochschulen entstehen, es müssen Zentren entstehen, in denen Kreativität als Freiheitswissenschaft verstanden wird. Nur das ist Kreativität, was sich als Wissenschaft von der Freiheit ausweisen und beweisen kann. Solche Zentren brauchen keine physischen Zentren zu sein. Es brauchen keine großen Bauwerke errichtet zu werden. Die Zentren sind auch schon bereits vorhanden. Wer ein sensibles Auge hat, der wird in jedem seiner Mitmenschen dieses Zentrum finden. Vielleicht verschüttet! Aber es regt sich sofort, wenn ich die Sprache bewege, daß diese Zentren sich gründen müssen. Es wird mir auch selbstverständlich klar aus dieser Logik, daß der Charakter der Selbstbestimmung sich auswirken muß auf die Verfassung eines Volkes, das heißt, auf die Rechtsstruktur in einem Volke. Ob wir also heute schon Demokratie haben oder nur Scheindemokratie, das will ich heute gar nicht aburteilen. Das ließe sich sehr leicht aburteilen, aber ich will diesen Schluß heute gar nicht ziehen, weil es mir gar nicht darauf ankommt, etwas zu kritisieren, sondern ich will nur in positiver Weise auf die ungeheuer ungenutzten Möglichkeiten verweisen, die in uns stecken und die wir leider wenig benutzen, die wir aber benutzen sollten. Es ist doch Logik in dieser Sache, daß der sich selbst bestimmende Künstler, ich spreche jetzt vom Menschen als einem Künstler, der Kreator ist. Damit nehme ich einen Begriff von Gott. Ich nehme einen Begriff von Gott und gebe den Begriff dem Menschen, aber das brauche ich ja nicht zu tun, denn ich bin ja viel zu schwach. Das ist ja bereits durch *Christus* geschehen. Die Tat, die den Menschen frei machen wird und die Christus im Menschen bedeutet und den Souverän im Menschen herausbildet, ist bereits getan. Aber es wird verschwiegen. Es wird durch die materialistischen Ideologien verschwiegen, es wird auch durch Kirchen totgeschwiegen. Das sind die eigentlichen Zusammenhänge unserer, sagen wir einmal schlicht, unserer Anthropologie, unseres Menschtums. Der Mensch wird totgeschwiegen aus eben diesen Machtinstinkten, die zum Niedergang geführt haben. Auch hier kommt es mir zunächst nicht darauf an, zu kritisieren, sondern auf die Möglichkeiten hinzuweisen, daß durch den Souverän eine Verfassung bestimmt werden kann und der Souverän in einer Demokratie ja eigentlich gefragt werden müßte, wenn etwas Lebensentscheidendes bei seinem Volke eingerichtet werden soll, etwa Aufstellen nuklearer Waffen auf seinem Felde. Daß dann doch wohl der Souverän zuständig ist und nicht die Delegierten dieses Souveräns! Daß also aus einem grundsätzlichen Verstehen der menschlichen Schöpferkraft, aus einem dramatischen Geschehen, aus einem umwälzenden Geschehen, aus einem plastischen Geschehen, das sogar die Erde von unten aufwirft und sie wieder lebendig macht und den Menschen, der darauf steht, wieder zu einer großen Kraft macht, der sich die Rechtsform schafft, die er benötigt – diese Menschheit! Und daß in dieser Rechtsform selbstverständlich Rechte erscheinen werden, die neuzeitliche Wirtschaftsgesetze sind. Denn was wir für Möglichkeiten hätten als Menschen, werden wir gegenüber dem, was vorgegeben ist, was viele kennen, und deswegen will ich gar nicht darüber reden, in seiner Verderblichkeit, etwas gegenüberstellen, was also Wirtschaftsgesetze genannt werden müßte. Daß also eine völlig neue Wirtschaftsordnung entstehen müßte. Der Mensch, der in solchen, nennen wir es einmal, Meditationen, tief darinsteckt und lebt, also im Erleben seiner Freiheit, im Spüren, wie die Freiheit in ihm entsteht und wie sie durch seine Arbeit, durch seine Übung wächst zu einer ungeheuren Potenz der Gestaltenden, der wird erleben, was das überhaupt dann bedeutet, wenn man spricht aus der Logik der Entstehung der Mittelposition ‚Menschenrecht' in einem sozialen Organismus.

Sie sehen, ich spreche wie von einem Lebewesen, denn es soll ja leben, es ist ja personal, wenn ich sage, *„Reden über Deutschland"*, dann bin ich ja nichts, oder derjenige, der's instinktiv auf den Zettel geschrieben hat, der mag ein ganz schlimmer Materialist sein, aber er verstößt ja gegen seinen Materialismus, indem er einfach das Thema schreibt: *„Sprechen über Deutschland"*. Denn da wird ja verlangt, daß man über ein Individuelles spricht. Damit gibt der Materialist ja zu, daß es sich um ein Wesenhaftes handelt, um ein Geistiges handelt, das mit Messen, Wägen und Zählen und physikalischer und vermathematisierter naturwissenschaftlicher Methode, so wichtig sie sei für viele Gebiete, überhaupt nicht zu erreichen ist. Der Materialist widerlegt sich selbst, indem er ein solches Thema aufstellt, daß man über Deutschland reden solle, denn hier handelt es sich um seinen Geist, um ein Wesenhaftes, das erkannt werden muß. So handelt es sich in dieser Meditation, in dieser Tafel oder in dieser Formel, die ich aufzeichne, um die Freiheit als Ansatzhebel für alles. Weil aus keiner anderen Ecke mehr etwas möglich sein wird, weil alle anderen Positionen geschichtlich verbraucht sind, sowohl der Ansatz bei den Rechten, als auch der Ansatz in der Wirtschaft, also im ökonomischen Bereich. Der einzige noch nicht verbrauchte, der aus der Kunst, aus einer tiefen geschichtlichen Vergangenheit, aber als Zukunft kehrt er zurück, als eine Totale, als die des selbstbewußten Menschen. Das ist Kunst und sonst gar nichts. Ich sage Kunst, denn die Kunst kann dieses und jenes Gesicht zeigen, sie kann ihr vergangenes, nicht mehr wirksames Gesicht der großen Signale zeigen, aber die Kunst kann auch ihr Menschenantlitz zeigen, das heißt, ihren evolutionären Sinn zeigen. Hier liegt die Schwelle, zwischen dem traditionellen Kunstbegriff, dem Ende der Moderne, dem Ende aller Traditionen, und dem anthropologischen Kunstbegriff, dem erweiterten Kunstbegriff, der Sozialen Kunst als Voraussetzung für jedes Vermögen. Denn dies ist die große Fälschung, die immer wieder fabriziert wird, bösartig und bewußt entstellt wiedergegeben wird, daß, wenn ich sage: *jeder Mensch ist ein Künstler*, ich sagen wolle, jeder Mensch ist ein guter Maler. Gerade das war ja nicht

gemeint, sondern es war ja die Fähigkeit gemeint an jedem Arbeitsplatz, und es war gemeint, die Fähigkeit einer Krankenschwester oder die Fähigkeit eines Landwirtes als gestalterische Potenz und sie zu erkennen als zugehörig einer künstlerischen Aufgabenstellung. Das war ja gemeint.
Diese bösartige Entstellung, die ja anscheinend sehr gefragt ist, noch letzte Woche, daß also ich einen ungeheuren Wirrwarr machen würde und alles gleichmachen würde, und die Qualitäten sich verwischen würden unter einem solchen erweiterten Kunstbegriff, gerade das Gegenteil ist ja richtig. Und es ist meines Erachtens auch verstanden worden, oder wenn es nicht verstanden worden ist, dann ist es auf Ohren gestoßen, die sicherlich nicht in Einrichtungen der Information arbeiten sollten. Das heißt, es ist Chaos in diesem Lande. Aber nun, wir können das ja noch bereinigen, wir sind ja nicht nachtragend, ich meine uns alle, nicht mich, wir sollten das alle werden, nicht nachtragend, wir sollten immer wieder den neuen Versuch machen, unseren Gegner von gestern als unseren Freund von morgen sehen zu können. Und ich denke, wenn das die tragende Substanz in den Menschen würde, dann wären alle äußerlichen Schwierigkeiten ausgeräumt, die ja entstanden sind durch Ideologisches, durch Machtabsichten, denn Ideologie ist etwas anderes als ein Ideenzusammenhang. Ideologie ist eine Beschönigungsphilosophie, die sowohl der westliche Privatkapitalismus für sich fleißig übt und geübt hat als auch der real existierende Sozialismus mit seiner Beschönigungsphilosophie. Im Suchen nach den Wahrheitszusammenhängen muß man streng unter-

scheiden zwischen Idee und ideologischer Beschönigungsphilosophie für eine Machtabsicht. Das ist natürlich eine erkenntnistheoretische Aufgabe allerersten Ranges. Sie reicht sehr tief in menschenkundliche Zusammenhänge und in das Wesenhafte des Menschen hinein. Also was heute nicht bewiesen werden kann, aber morgen doch, und was jeder erleben kann: Die Welt ist voller Rätsel, für diese Rätsel aber ist der Mensch die Lösung. Der Mensch als Lösung für diese Rätsel, ich wage es zu sagen, ich muß es sagen, als der Träger der Liebe. Eine Wissenschaft, die zu dem Äußersten fähig war, die man bewundern muß, eine Wissenschaft, die auf analytischem Wege mit Materialismus und Positivismus eine Atombombe bauen kann, ist zu bewundern, aber sie ist unproduktiv, sie produziert nicht Liebe. Man darf die Atombombe von den menschlichen Kreativitätsleistungen her nicht unterschätzen. Das, was an menschlicher Intelligenz, innerer Zucht und Gedankenbildungskraft mit der Entstehung der Atombombe, allgemein mit der Entstehung des modernen, exakten naturwissenschaftlichen Denkens im menschlichen Bewußtsein geschehen ist, ist gewaltig. Ohne diese Verengung wären wir heute nicht in der Lage, so über die Dinge zu sprechen, wie ich stammelnd versuche, über das zu sprechen, was wir eigentlich weit darüber hinaus erreichen können. Mit der Liebe wird bald etwas zu machen sein „im eigenen Lande" mit dem erweiterten Kunstbegriff, mit der Sozialen Plastik. Das wird von uns sogar erwartet. Es war zu beobachten, daß unsere europäischen Nachbarn sehr angerührt interessiert waren, als damals die grüne Bewegung von unten her

sich erhob. Daß diese Neugierde nachgelassen hat, liegt daran, daß es bei den *Grünen* nicht mehr viel zu gucken gibt. Da hat man sich natürlich wieder in die alten Gleise, in die sogenannte Politikfähigkeit hineinbegeben. Was heißt das? Das heißt doch das Schlimmste von allem: politikfähig zu sein heißt, auf alles zukünftige Ideenpotential zu verzichten.
Deswegen wieder an dieser Stelle, Sie sehen, ich komme immer wieder auf gewisse Punkte zurück, also, es ist ein Kreislauf, immer wieder auf bestimmte Punkte zurück. Es sind auch Zacken in diesen Runden, und hier ist ein solcher Zacken. Da sieht man, wie etwas, was von den Deutschen, also von dem Lande erwartet wird, auch eigentlich erwartet werden kann, nämlich schon allein aus der Genialität dieser Sprache, die wir sprechen. Diese Sprache, die in vieler Weise tiefer den Menschen erlebbar macht, wie die Sprache am menschlichen Bewußtsein arbeitet, wo er selbst dabei ist, wenn er bewußt spricht und das übt, meditiert, wie durch diese Sprache das Bewußtsein, das Selbstbewußtsein sich bildet und fähig wird der Selbstbestimmung und dann folgerichtig der Selbstverwaltung aller Produktionsstätten im Produktionsbereich der arbeitsteiligen Wirtschaft, Schulen und Hochschulen eingeschlossen. Unter diesem Begriff der Selbstverwaltung entfällt der Begriff der Politik. Oder besser für alles, was ich hier zu sagen habe, brauche ich nicht den Begriff der Politik zu bemühen. Denn bei einem wesensgemäßen Beschreiben des Geschehens zur Befreiung der von der Fähigkeit getragenen Arbeit ist es doch logisch, daß das Tragende, daß die Freiheit hergestellt werden müsse, in einem zuerst befreit werden

muß. Angewandt: es soll ein freies, sich selbst verwaltendes Schul- und Hochschulwesen entstehen. Einmal dort befreit, wird über die Entstehung neuzeitlicher Wirtschaftsgesetze die Arbeit in allen anderen Unternehmen der Wirtschaft befreit. Jetzt ist die arbeittragende Fähigkeit DAS KAPITAL! Geld ist ja gar kein Wirtschaftswert! Der Zusammenhang von Fähigkeit (Kreativität) und Produkt sind die zwei echten Wirtschaftswerte. So erklärt sich die Formel des erweiterten Kunstbegriffs: KUNST = KAPITAL. Produkte, die wir wirklich brauchen, sind nun möglich. Was wir heute alles kaufen sollen, wie der profitgetriebene Privatkapitalismus es will: Wir brauchen es nicht! Was wir sonst alles nicht brauchen, wissen Sie ja schon! Alles, was uns daran hindert, uns zu uns selbst zu bekennen, sollten wir verhindern. Wir werden dann also Wirtschaftsgesetze haben, die die Funktion des Geldes klarmachen, denn die Befreiung des Geldes ist Bedingung für die Befreiung der Arbeit. Diese Befreiung, die den Waren- und Tauschmittelcharakter des Geldes überwindet und es zur Funktionsbasis des Rechts, ja der Menschenrechte macht, bewirkt dann die Demokratisierung der Geldprozesse. Scheindemokratie zur Verschleierung der Macht des Geldes wird zur wirklichen Demokratie. Ich müßte Ihnen eine kleine Andeutung geben über die großen Möglichkeiten, die wir haben. Von oben herunter, von der Herrschaft, wird oft behauptet, die verflochtene, neuzeitliche Weltwirtschaft wäre zu kompliziert, als daß ein einfacher Mensch sie verstehen könne. In der Tat ist das gegenwärtige Wirtschaftssystem sicherlich so kompliziert deshalb, weil keiner es verstehen soll, mit Ausnahme derer, die die

Geldmacht haben. Aber im Hinblick auf das, was wir brauchen, indem dieses Bild, das ich versucht habe, zu entwickeln, gilt: Freiheit, Rechte, das eine ist die Freiheit, das andere sind die aus der Freiheit geschaffenen Rechte, von der sich der Mensch auch selbst, jeder einzelne Mensch sich im Beteiligtsein an der Gestaltung dieser Rechte ja abhängig machen muß von diesem Recht. Denn Freiheit kann ja nicht Willkür sein. Freiheit muß nach strengen Formen sich vollziehen, und da der Mensch ein Werdender ist, werden in dieser Gestaltungsaufgabe hin auf die menschlichen Rechte selbstverständlich immer wieder diese Rechte umgestaltet werden müssen. Das spricht für ein notwendiges zweites Bein in der Verfassung: die Volksabstimmung. Das spricht dafür, daß das erfüllt werde, was in der Verfassung steht: *„Das Volk bekundet seinen Willen durch Wahlen und Abstimmungen"*. Wir haben bereits ein Wahlgesetz, das hypertroph ist, aber das Abstimmungsgesetz fehlt ganz, das, wo der Souverän entscheiden könnte und Einspruch erheben könnte. So ein Bundesabstimmungsgesetz im Übergange wäre im höchsten Grade wichtig. Und es wäre im höchsten Grade wichtig, daß jeder einzelne sich hinter Initiativen, die es ja bereits gibt und die immer wieder aufleuchten und immer wieder abflackern, stellen würde. Diese Initiative zur Verwirklichung eines Bundesabstimmungsgesetzes in unserer Verfassung, im Grundgesetz, das sollten wir mehr unterstützen. Daß das noch nicht alles ist, das wissen wir, und daß die Dinge oft im Schritt von einer Sache in die andere sich vollziehen müssen, das wissen wir auch. Aber es muß bewußt gemacht werden, was möglich ist.

Im Hinblick auf das Wirtschaftsleben wäre noch vieles zu sagen. Wir sind gewöhnt, das Wirtschaftsleben zu verstehen als ein Gebilde, woraus man Profit machen kann. Der Vorteil für den Menschen wird verwechselt mit dem Profitmachen. Daß Menschen auf ihren Vorteil schauen, ist selbstverständlich. Aber dieser Vorteil sollte mehr und mehr dem niedrigen Egoismus entzogen werden und durch ein anderes Verstehen der menschlichen Arbeit gesucht werden bei dem Wesen, das ja viel anspruchsvoller ist, das etwas geliefert haben will für seine Seele, für seinen Geist, für sein Ich, für seine Intuition, für seine Inspiration und für seine Imagination. Das heißt, es wird ein sehr niedriger Trieb auf die Menschen herunter erzogen, daß sie doch gefälligst an das Geld im Sinne ihres Vorteiles am Gelde glauben möchten. Wir sind es gewohnt zu hören, daß also im Produktionsbereiche die Unternehmen selbstverständlich Gewinne machen müssen. Denn sonst könnten sie nicht überleben, so die Ideologie. Das ist aber doch der bare Unsinn, wenn ich doch das Wesen Wirtschaft beschreiben muß als eine Sache, die zu nichts anderem da sein muß, als den menschlichen Bedarf zu decken, und das rund um die Welt. Wenn ich aber rund um die Welt heute schaue, dann stelle ich fest, daß gerade die sogenannte Marktwirtschaft, die behauptet, den menschlichen Bedarf viel besser zu befriedigen als eine bedarfsorientierte Wirtschaft, doch mindestens zwei Drittel der Welt praktisch verhungern läßt. Also in einer solchen Wirtschaft sehe ich nicht einmal das Rationale. Derjenige, der einen Gegenentwurf leistet oder versucht, ihn zu entwickeln, der wird oft, sagen wir mal, in die Ecke gestellt, indem man sagt: Das ist Mystik, du verstehst ja nichts davon, kein Mensch kann was verstehen, das verstehen nur wir. Aber jeder Mensch sieht heute, daß diese Wirtschaft, so wie sie gegenwärtig läuft, sowohl unter kommunistischen wie unter privatkapitalistischen Ideologien, ja überhaupt nicht den menschlichen Bedarf und den Bedarf der Natur erfüllen kann, schon einmal nicht materiell, wo Nahrung, Kleidung, Wohnung da sein müssen und Erhaltung des Lebens und Lebensqualität herauskommen muß.

Noch viel weniger oder gar nicht kann gedeckt werden der Nahrungsbedarf für des Menschen Seele. Wenn ich aber danach frage, was denn eigentlich auf dieser Erde gerettet werden muß, dann ist es doch nicht das Stoffliche. Es ist sogar eigentlich nicht der menschliche Leib. Wir alle wissen, daß wir sterben werden. Was gerettet werden muß, ist die menschliche Seele. Dieses Leben muß doch eine Frucht aus sich entlassen, das muß doch erlebbar werden, daß dieses Leben nicht alles ist. Derlei Gesichtspunkte gelten für die Wirtschaft als irrelevant, sie werden gar nicht in Betracht gezogen. Daß der Mensch im höher wachsenden Anspruch mit dem Entstehen seines Selbstbewußtseins und seiner Freiheit sich allmählich bereits abhebt aus den Verstrickungen der materiellen Egoismen, ist schon wahrzunehmen und zu beobachten. Zwar behauptet sich der Egoismus in uns kräftig, dennoch sehen wir, und vor allem, wenn wir uns dieser Aufgabe immer mehr übend widmen, ein sich allmähliches Herauslösen aus den Verstrickungen. Ego, das Ich verlangt nach einer spirituellen Nahrung durch die Wirtschaft. Dieses Ich, das nach einer spirituelleren Nahrung verlangt, erkennt auch, daß der wichtigste Wirtschaftszweig im Produktionsbereich – ich sage im Produktionsbereich und nicht im Konsumtionsbereich, aber da, wo arbeitsteilig die Arbeit geleistet wird, nicht wo Kleinwirtschaft und freie Berufe tätig sind, sondern ich meine ganz bewußt die wichtigsten Unternehmen im Produktionsbereich – die Schulen und Hochschulen sind. In ihnen wird erzeugt das KAPITAL der Gesellschaft. Noch einmal, KAPITAL ist nicht Geld (Produktionsmittel), KAPITAL ist Fähigkeit und Produkt der Fähigkeit.

Hier erscheinen weitere Beweise für den Begriff *„Jeder Mensch ist ein Künstler"*, Beweise für die Richtigkeit dieses Hebels ‚Fähigkeit'. Das Geld: kein Wirtschaftswert! Wenn von der Geldmacht alles Freiheitliche und Demokratische immer wieder überrollt wird und die Macht des Geldes immer wieder das Ideal zerstört, dann müssen wir in das Maul dieses Drachen hineingreifen und den Kapitalbegriff anfassen. Dann müssen wir ganz real zum Kapitalbegriff vorstoßen. Aber wir sind ja schon zu ihm vorgestoßen, wir haben ja erkannt, daß in der Konsequenz eines Kunstbegriffes, der jeden Menschen als einen Künstler beschreibt, ihn in der menschenwürdigsten Weise beschreibt, in der richtigsten Weise beschreibt, weil der Mensch der Träger der Würde und der Souverän ist, daß aus dieser Konsequenz hervorgeht, daß er das Kapital ergreift und erkennt: Ja, das ist ja gar kein Wirtschaftswert. Der Wirtschaftswert ist die eingesetzte menschliche Fähigkeit in der Arbeit und was an der Arbeitsstelle an Produkt entsteht: eine gute Skulptur, ein wunderbares Bild, ein umweltfreundliches

Auto, eine gut schmeckende und gesunde Kartoffel, ein gesunder Fisch, den der Fischer aus dem Meere fischt gegenüber einem, der vergiftet ist, so daß man nicht allzu oft Fisch essen darf, weil man sonst stirbt. Zwar braucht man ja nicht die Ängstlichkeit und Hysterie zu haben, die heute oft auch ein unterentwickeltes Ökologieverständnis ist, das mit geringem geistigen Mut zu haben ist, da sollte man mutiger sein und sich sagen: Der Mensch braucht etwas Blei, damit er etwas schwerer sei.

Der Ansatz in der Ökologie ist gar nicht tief genug gefaßt. Der gesellschaftsökologische Ansatz beginnt bei *„Jeder Mensch ist ein Künstler"*, also beim Freiheitsbegriff, beim Kreativitätsbegriff auf das soziale Ganze hin, schafft erst mal ein sozioökologisches Arbeiten, wodurch Umweltschäden von der Wurzel her ausgeschaltet werden. Selbstverständlich sind solche Arbeiten, wie sie *Greenpeace* leistet, sehr bewundernswert und sehr wichtig. Jeder sollte da diese Leute unterstützen; das ist ganz klar. Ich kann das gar nicht genug betonen, wie wichtig das ist, weil dort nicht gejammert wird. Der Erkenntnisansatz ist noch wichtiger. Denn er wird das soziale Ganze in seiner Logik aufbauen und vom schöpferischen Menschen als dem Schöpfer der Welt ausgehen: von der Freiheit über das Recht zu neuen Wirtschaftsgesetzen und einem gemeinnützigen Kreditsystem. Geformt soll werden, was der Welt hilft. Und daß in diesem qualitätsvollen Produzieren von Gütern, seien sie geistig oder physisch, jetzt komme ich wieder auf den spirituellen Bedarf des Menschen zurück, ein immer größerer Bedarf des Menschen nach spiritueller Nahrung erwächst. Schulen und Hochschulen als die Erzeuger dieses Produktes sind die wichtigsten Unternehmen im Produktionsbereich der Wirtschaft. Sie müssen frei sein, wie die Wirtschaft frei sein muß. Sie sind heute verstaatlicht! Was ist das denn? Wer dort zu bestimmen hat und über die Freiheit seine Vorstellungen setzt, die ganz sklerotische sind oder sein mögen, ja sicher sind, ich sag mal ruhig sind. Ich wollte ja nicht kritisieren, aber ich muß es doch sagen: Sie sind sklerotisch und tötend. Da muß man doch einfach feststellen: Es ist eine Lüge, daß wir in einer freien Wirtschaft und in einer freien Welt hier leben, denn die wichtigsten Unternehmen sind verstaatlicht. Der Westen kann doch von sich nicht mehr behaupten, daß er gegenüber dem real existierenden Sozialismus/Kommunismus, der alle Produktionsstätten verstaatlicht, wenngleich sie auch ‚volkseigene Betriebe' genannt werden, frei sei. Beschönigungsvokabel? Sogar glatt gelogen! Da auch bei uns 60% der Unternehmen im Produktionsbereich verstaatlicht sind, also wir uns auf dem Weg des Bolschewismus befinden. Und immer wieder: die wichtigsten Produktionsstätten des immer größer werdenden spirituellen Bedarfes der Menschen nach geistiger Nahrung sind Schulen und Hochschulen. Sie müssen in der Hand von freien Menschen sein. Beamte wie jetzt? Machen Sie sich doch selbst einen Reim darauf. Sie können nicht verstaatlicht sein. Dies deutet auf die Befreiung des Schul- und Hochschulwesens aus staatlicher Umklammerung als eine wichtige Aufgabe, die über den Hebel von Volksabstimmungen unter neuen Bedingungen möglich wäre. Da sieht man die Zusammenhänge dessen,

was hier immer wieder vorkommt, das auch im realen Leben ganz praktisch ist, das also nicht nur ein Versuch einer Philosophie ist oder einer Sicht ist oder einer persönlichen Meinung ist. Vielmehr hier wird sich bemüht, Dinge, die im praktischen Leben vorkommen, so zu zeigen, daß man sagt: Du siehst doch, das Ding existiert, du kannst es doch sofort benutzen. Du brauchst dich doch nur zu erkundigen, wo sind denn die Menschen, die an dieser Sache arbeiten, und die Gruppe dieser Menschen stärken, die an solchen Sachen arbeiten. Das ist mir doch auch wichtig, daß mit diesem Begriff der Sozialen Kunst auch heute schon praktische Hinweise gegeben werden können, wie die Transformation sich vollziehen kann.
Also, der soziale Organismus ist schwer erkrankt, und die Gründe für diese Krankheit liegen, das stellt sich heraus, zum großen Teil darin, daß die menschliche Entwicklung von der Kindheit bis zu einer Zeit, wo sie in einen Beruf gehen kann oder ein Hochschulstudium ergreifen kann, daß diese Zeit in der Schule oder Hochschule von Ideologien besetzt ist, die die Kultusministerien entwickeln aus ihrer bornierten Sicht, die der Staat bestimmt aus seiner bornierten Sicht und die nicht Lehrende und Lernende frei lassen, also die Mitgliedschaften der Unternehmen nicht wirken lassen.
Glauben Sie, es wäre möglich, etwa in einer Schuhfabrik, daß der Staat in alles hineinreden könnte? Es gibt natürlich auch verstaatlichte Schuhfabriken. Aber glauben Sie, daß im Privatkapitalismus ein mittelgroßes Unternehmen es sich gefallen lassen müßte, wenn immer ein Minister hineinreden würde in

das, was die Mitgliedschaft in diesem Unternehmen tut? In einem freien Unternehmen ist es frei in die Zuständigkeit der Mitgliedschaft gelegt, sowohl der mehr Leitenden als auch der mehr Ausführenden, was zu geschehen hat. Aber ich habe nicht von einem Eigentümer gesprochen. Ich habe von einem Unternehmen gesprochen, in dem die Mitarbeiter sich selbst ihre Verfassung geben und sich selbst verwalten. In den Schulen wären es Lehrende und Lernende, ein oszillierendes System ‚Lehren und Lernen', da es ja nicht immer so ist, daß der Schüler von seinem Lehrer lernt; denn oft ist es so, daß der Lehrer sehr viel lernen kann von seinem Schüler. Daß der Geistbereich entbunden sein muß in die Freiheit, ist eigentlich eine Selbstverständlichkeit. Die Ursachen für zwei Weltkriege liegen in der Versklavung des Geistes unter Staat und kapitalistischer Wirtschaft. Für die menschliche Freiheit ist kein Organ entwickelt, für das Kreative ist kein Organ entwickelt, für den Kunstbegriff nach der Moderne ist kein Organ entwickelt, auch alle die, die die Kunst so gerühmt haben, die sogenannten Connoisseurs, hatten kein Organ entwickelt, weder für die Kunst, noch für die Zusammenhänge, die sich vollziehen im Anwachsen der Katastrophe auf den Ersten Weltkrieg hin als auch auf den Zweiten Weltkrieg hin. Und es wird mit Sicherheit den dritten geben, wenn wir keinen neuen Anfang machen bei der Freiheitswissenschaft, in der *„Jeder Mensch ist ein Künstler"* gilt, bei dem Sich-selbst-sein und bei dem Insistieren auf dem Souverän, der in jedem Menschen steckt.

Danke!

Anmerkung des Herausgebers der vorliegenden Ausgabe:
Diese letzte große Rede von Joseph Beuys umfaßt seinen gesamten Ideenkosmos, wenngleich nicht immer ausgeführt und weiter erläutert. Aus diesem Grund möchte ich nachfolgend einige Hinweise zu weiterführender Literatur geben.

Joseph Beuys
* Was ist Geld? – Eine Podiumsdiskussion, Wangen 1991
* Kunst = Kapital – Achberger Vorträge, Wangen 1992
* Ein kurzes erstes Bild von dem konkreten Wirkungsfelde der sozialen Kunst, Wangen 1995(3)

Joseph Beuys, Michael Ende
Kunst und Politik – Ein Gespräch, Wangen 1989

Joseph Beuys, Frans Haks
Das Museum – Ein Gespräch über seine Aufgaben, Möglichkeiten, Dimensionen, Wangen 1993

Petra Kelly, Joseph Beuys
Diese Nacht, in die die Menschen..., Wangen 1994

Friedhelm Mennekes
Beuys zu Christus – Eine Position im Gespräch, Stuttgart 1989

Wilhelm Schmundt
* Der soziale Organismus in seiner Freiheitsgestalt, Wangen 1993
* Erkenntnisübungen zur Dreigliederung des sozialen Organismus, Achberg 1982

Rainer Rappmann (Hrsg.)
Die Kunst des sozialen Bauens – Beiträge zu Wilhelm Schmundt, Wangen 1993

Johannes Stüttgen/Christoph Schlingensief
Zum Kapital – Als Christoph Schlingensief das Unsichtbare gesucht hat, Wangen 2001

Direkte Demokratie, 1789 – 1989, Flensburger Hefte Nr. 24, Flensburg 1989

Rechtsleben und soziale Zukunftsimpulse, Flensburger Hefte Nr. 25, Flensburg 1989

Thomas Meyer/Johannes Stüttgen
Kunstwerk Volksabstimmung – Über die spirituellen und künstlerischen Hintergründe der Direkten Demokratie, Wangen 2002

Insbesondere die Schriften von und zu Wilhelm Schmundt liefern weiteres Material zum Geld- und Kapitalbegriff. Der FIU-Verlag ist gerne bereit, weitere Hinweise zu geben: FIU-Verlag, D-88239 Wangen/Allgäu, www.FIU-Verlag.com

Autoren beim Wort genommen

– lebendig – fesselnd – durchlässig

Band 1

Joseph Beuys
Aktive Neutralität
Die Überwindung von Kapitalismus und Kommunismus
Rorschach/Schweiz, 20. Januar 1985, 4. Aufl.
ISBN 3-928780-10-7

Band 2

Joseph Beuys
Ein kurzes erstes Bild von dem konkreten Wirkungsfelde der Sozialen Kunst
Wangen/Allgäu, 10. Februar 1985,
3. Aufl., ISBN 3-928780-15-8

Band 3

Joseph Beuys
Sprechen über Deutschland
Rede vom 20 November 1985 in den Münchener Kammerspielen
ISBN 3-928780-14-X

Band 4

Wilhelm Schmundt
Die Aufgabe Mitteleuropas
Die Lehre vom sozialen Organismus in seiner Freiheitsgestalt als Brückenschlag zwischen Ost und West,
Achberg, 28. u. 29. Dezember 1981
ISBN 3-928780-16-6

Band 6

Henning Köhler
Eros als Qualität des Verstehens
Über das erotische Erwachen im Jugendalter und den gemeinsamen Ursprung von Kreativität und Zärtlichkeit
ISBN 3-928780-18-2

Band 7

Henning Köhler
Der menschliche Lebenslauf als Kunstwerk
erscheint 2002
ISBN 3-928780-32-8

Die Reihe wird fortgesetzt.